DATE DUE

WE ARE MANY

Photographs by Hans Ehrmann

Portrait of Neruda — View from Neruda's desk

PABLO NERUDA

We Are Many

translation by alastair reid

Grossman Publishers in Association with
Cape Goliard Press London

WE ARE MANY

This book has been designed, printed and published
by Cape Goliard Press Ltd., 10a Fairhazel Gardens, London, N.W.6.

1st Edition, 1967
2nd printing 1968, 3rd 1970, 4th 1972

copyright © Cape Goliard Press Ltd. 1967/1970

SBN 0 670 75327 0

SBN 0 670 75326 2

Library of Congress Catalogue No. 68-15648

Printed in Great Britain

NADA MÁS

De la verdad fui solidario :
de instaurar luz en la tierra.

Quise ser como el pan :
la lucha no me encontró ausente.

Pero aquí estoy con lo que amé,
con la soledad que perdí :
junto a esta piedra no reposo.

Trabaja el mar en mi silencio.

NOTHING MORE

I made my contract with the truth
to restore light to the earth.

I wished to be like bread.
The struggle never found me wanting.

But here I am with what I loved,
with the solitude I lost.
In the shadow of that stone, I do not rest.

The sea is working, working in my silence.

FABULA DE LA SIRENA Y LOS BORRACHOS

Todos estos señores estaban dentro
cuando ella entró completamente desnuda
ellos habían bebido y comenzaron a escupirla
ella no entendía nada recién salía del rio
era una sirena que se habia extraviado
los insultos corrían sobre su carne lisa
la inmundicia cubrió sus pechos de oro
ella no sabía llorar por eso no lloraba
no sabía vestirse por eso no se vestía
la tatuaron con cigarrillos y con corchos quemados
y reían hasta caer al suelo de la taberna
ella no hablaba porque no sabía hablar
sus ojos eran color de amor distante
sus brazos construídos de topacios gemelos
sus labios se cortaron en la luz del coral
y de pronto salió por esa puerta
apenas entró al rio quedó limpia
relució como una piedra blanca en la lluvia
y sin mirar atrás nadó de nuevo
nadó hacia nunca más hacia morir.

FABLE OF THE MERMAID AND THE DRUNKS

All these fellows were there inside
when she entered, utterly naked.
They had been drinking, and began to spit at her.
Recently come from the river, she understood nothing.
She was a mermaid who had lost her way.
The taunts flowed over her glistening flesh.
Obscenities drenched her golden breasts.
A stranger to tears, she did not weep.
A stranger to clothes, she did not dress.
They pocked her with cigarette ends and with burnt corks,
and rolled on the tavern floor in raucous laughter.
She did not speak, since speech was unknown to her.
Her eyes were the colour of faraway love,
her arms were matching topazes.
Her lips moved soundlessly in coral light,
and ultimately, she left by that door.
Hardly had she entered the river than she was cleansed,
gleaming once more like a white stone in the rain;
and without a backward look, she swam once more,
swam toward nothingness, swam to her dying.

DEMASIADOS NOMBRES

Se enreda el lunes con el martes
y la semana con el año:
no se puede cortar el tiempo
con tus tijeras fatigadas,
y todos los nombres del día
los borra el agua de la noche.

Nadie puede llamarse Pedro,
ninguna es Rosa ni María,
todos somos polvo o arena,
todos somos lluvia en la lluvia.
Me han hablado de Venezuelas,
de Paraguayes y de Chiles,
no sé de lo que están hablando:
conozco la piel de la tierra
y sé que no tiene apellido.

Cuando viví con las raíces
me gustaron más que las flores,
y cuando hablé con una piedra
sonaba como una campana.

Es tan larga la primavera
que dura todo el invierno:
el tiempo perdió los zapatos:
un año tiene cuatro siglos.

Cuando duermo todas las noches,
cómo me llamo o no me llamo?
Y cuando me despierto quién soy
si no era yo cuando dormía?

TOO MANY NAMES

Mondays are meshed with Tuesdays
and the week with the whole year.
Time cannot be cut
with your weary scissors,
and all the names of the day
are washed out by the waters of night.

No one can claim the name of Pedro,
nobody is Rosa or Maria,
all of us are dust or sand,
all of us are rain under rain.
They have spoken to me of Venezuelas,
of Chiles and of Paraguays;
I have no idea what they are saying.
I know only the skin of the earth
and I know it is without a name.

When I lived amongst the roots
they pleased me more than flowers did,
and when I spoke to a stone
it rang like a bell.

It is so long, the spring
which goes on all winter.
Time lost its shoes.
A year is four centuries.

When I sleep every night,
what am I called or not called?
And when I wake, who am I
if I was not I while I slept?

Esto quiere decir que apenas
desembarcamos en la vida,
que venimos recién naciendo,
que no nos llenemos la boca
con tantos nombres inseguros,
con tantas etiquetas tristes,
son tantas letras rimbombantes,
con tanto tuyo y tanto mío,
con tanta firma en los papeles.

Yo pienso confundir las cosas,
unirlas y recién nacerlas,
entreverarlas, desvestirlas,
hasta que la luz del mundo
tenga la unidad del océano,
una integridad generosa,
una fragancia crepitante.

This means to say that scarcely
have we landed into life
than we come as if new-born;
let us not fill our mouths
with so many faltering names,
with so many sad formalities,
with so many pompous letters,
with so much of yours and mine,
with so much signing of papers.

I have a mind to confuse things,
unite them, bring them to birth,
mix them up, undress them,
until the light of the world
has the oneness of the ocean,
a generous, vast wholeness,
a crepitant fragrance.

GALOPANDO EN EL SUR

A caballo cuarenta leguas:
las cordilleras de Malleco,
el campo está recién lavado
el aire es eléctrico y verde.

Regiones de rocas y trigo,
un ave súbita se quiebra,
el agua resbala y escribe
cifras perdidas en la tierra.

Llueve, llueve con lenta lluvia.
llueve con agujas eternas
y el caballo que galopaba
se fué disolviendo en la lluvia:
luego se reconstruyó
con los gotas sepultureras
y voy galopando en el viento
sobre el caballo de la lluvia.

Sobre el caballo de la lluvia
voy dejando atrás las regiones,
la gran soledad mojada,
las cordilleras de Malleco.

GALLOPING IN THE SOUTH

Forty leagues on horseback,
the ranges of Malleco :
the fields are newly washed,
the air electric and green.

Regions of rocks and wheat,
a sudden bird breaks out,
the water slithers and scrawls
lost letters in the earth.

It rains, rains a slow rain,
it rains perpetual needles
and the horse which was galloping
dissolved into rain :
later, it took shape
with the grave-digging drops,
and I gallop on in the wind
astride the horse of the rain.

Astride the horse of the rain
I leave behind these regions,
the vast, damp solitude,
the ranges of Malleco.

MUCHOS SOMOS

De tantos hombres que soy, que somos
no puedo encontrar a ninguno:
se me pierden bajo la ropa,
se fueron a otra ciudad.

Cuando todo está preparado
para mostrarme inteligente
el tonto que llevo escondido
se toma la palabra en mi boca.

Ontras veces me duermo en medio
de la sociedad distinguida
y cuando busco en mí al valiente
un cobarde que no conozco
corre a tomar con mi esqueleto
mil deliciosas precauciones.

Cuando arde una casa estimada
en vez del bombero que llamo
se precipita el incendiario
y ése soy yo. No tengo arreglo.
Qué debo hacer para escogerme?
Cómo puedo rehabilitarme?

Todos los libros que leo
celebran héroes refulgentes
siempre seguros de sí mismos
me muero de envidia por ellos,
y en los films de vientos y balas
me quedo envidiando al jinete,
me quedo admirando al caballo.

WE ARE MANY

Of the many men whom I am, whom we are,
I cannot settle on a single one.
They are lost to me under the cover of clothing.
They have departed for another city.

When everything seems to be set
to show me off as a man of intelligence,
the fool I keep concealed on my person
takes over my talk and occupies my mouth.

On other occasions, I am dozing in the midst
of people of some distinction,
and when I summon my courageous self,
a coward completely unknown to me
swaddles my poor skeleton
in a thousand tiny reservations.

When a stately home bursts into flames,
instead of the fireman I summon,
an arsonist bursts on the scene,
and he is I. There is nothing I can do.
What must I do to distinguish myself?
How can I put myself together?

All the books I read
lionize dazzling hero figures,
always brimming with self-assurance.
I die with envy of them;
and, in films where bullets fly on the wind,
I am left in envy of the cowboys,
left admiring even the horses.

Pero cuando pido al intrépido
me sale el viejo perezoso,
y así yo no sé quién soy,
no sé cuántos soy o seremos.
Me gustaría tocar un timbre
y sacar el mí verdadero
porque si yo me necesito.
no debo desaparecerme.

Mientras escribo estoy ausente
y cuando vuelvo ya he partido :
voy a ver si a las otras gentes
les pasa lo que a mí me pasa,
si son tantos como soy yo,
si se parecen a sí mismos
y cuando lo haya averiguado
voy a aprender tan bien las cosas
que para explicar mis problemas
le hablaré de geografía.

But when I call upon my dashing being,
out comes the same old lazy self,
and so I never know just who I am,
nor how many I am, nor who we will be being.
I would like to be able to touch a bell
and call up my real self, the truly me,
because if I really need my proper self,
I must not allow myself to disappear.

While I am writing, I am far away;
and when I come back, I have already left.
I should like to see if the same thing happens
to other people as it does to me,
to see if as many people are as I am,
and if they seem the same way to themselves.
When this problem has been thoroughly explored,
I am going to school myself so well in things
that, when I try to explain my problems,
I shall speak, not of self, but of geography.

A DON ASTERIO ALARCÓN,
CRONOMETRISTA DE VALPARAISO

Olor a puerto loco
tiene Valparaíso,
olor a sombra, a estrella,
a escama de la luna
y a cola de pescado.
El corazón recibe escalofríos
en las desgarradoras escaleras
de los hirsutos cerros:
allí grave miseria y negros ojos
bailan en la neblina
y cuelgan las banderas
del reino en las ventanas:
las sábanas zurcidas,
las viejas camisetas,
los largos calzoncillos,
y el sol del mar saluda los emblemas
mientras la ropa blanca balancea
un pobre adiós a la marinería.

Calles del mar, del viento,
del día duro envuelto en aire y ola,
callejones que cantan hacia arriba
en espiral como las caracolas:
la tarde comercial es transparente,
el sol visita las mercaderías,
para vender sonríe el almacén
abriendo escaparate y dentadura,
zapatos y termómetros, botellas
que encierran noche verde,
trajes inalcanzables, ropa de oro,
funestos calcetines, suaves quesos,
y entonces llego al tema
de esta oda.

FOR DON ASTERIO ALARCÓN
CLOCKMINDER OF VALPARAISO

It smacks of a wild seaport,
does Valparaiso.
It smells of shadow, of stars,
of the moon's touch
and of fishtails.
Your heart stops with a shiver
on the cluttering steps
up the bristling hills.
Wretched squalor and black eyes
dance together in the sea-mist,
and they hang out the flags
of the kingdom in the windows—
mended sheets,
ancient undershirts,
flapping drawers—
and the seaport sun salutes these emblems,
while the white laundry waves
a squalid goodbye to the ships' companies.

Streets of the sea and wind,
of the rough day, swaddled in air and waves,
alleyways sounding in an upward spiral
winding like snail shells :
The commercial afternoon is a revelation.
The sun investigates the merchandise.
Shops wear a salesman's smile
opening windows and sets of teeth,
shoes and thermometers, bottles
filled with a green darkness,
unattainable suits, clothes of gold,
gloomy socks, bland cheeses—
and now I get to the point
of this poem.

Hay un escarparate
con su vidrio
y adentro,
entre cronómetros,
don Asterio Alarcón, cronometrista.
La calle hierve y sigue,
arde y golpea,
pero detrás del vidrio
el relojero,
el viejo ordenador de los relojes,
está inmovilizado
con un ojo hacia afuera,
un ojo estravagante
que adivina el enigma,
el cardíaco fin de los relojes
y escruta con un ojo
hasta que la impalpable mariposa
de la cronometría
se detiene en su frente
y se mueven las alas del reloj.

Don Asterio Alarcón es el antiguo
héroe de los minutos
y el barco va en la ola
medido por sus manos
que agregaron
responsabilidad al minutero,
pulcritud al latido :
Don Asterio en su acuario
vigiló los cronómetros del mar,
aceitó con paciencia
el corazón azul de la marina.

There is one shop front
with its glass-eyed window,
and inside,
surrounded by chronometers,
Don Asterio Alarcón, the clockminder.
The street heaves and winds,
burning, bumpy,
but behind the window,
the clockminder,
the ancient ruler of timepieces,
stands still,
with a far-seeing eye,
a far-wandering eye
which sees into the mystery,
reads the secret hearts of clocks,
and looks deeply in
until the elusive butterfly
of measured time
is trapped in his head,
and the wings of the watch beat.

Don Asterio Alarcón is the antique
hero of the minutes,
and the boat breaks the waves
by the measure of his hands,
which have given the second hands
responsibility,
and their ticking its exactness.
Don Asterio, in his aquarium,
scanned the sea's chronometers,
oiled with patient fingers
the blue, seafaring heart.

Durante cincuenta años,
o dieciocho mil días,
allí pasaba el río
de niños y varones y mujeres
hacia harapientos cerros o hacia el mar,
mientras el relojero,
entre relojes,
detenido en el tiempo,
se suavizó como la nave pura
contra la eternidad de la corriente,
serenó su madera,
y poco a poco el sabio
salió del artesano
trabajando
con lupa y con aceite
limpió la envidia, descartó el temor,
cumplió su ocupación y su destino,
hasta que ahora el tiempo,
el transcurrir temible,
hizo pacto con él, con don Asterio,
y él espera su hora de reloj.

Por eso cuando paso
la trepidante calle,
el río negro de Valparaíso,
sólo escucho un sonido entre sonidos,
entre tantos relojes uno solo :
el fatigado, suave, susurrante,
y antiguo movimiento
de un gran corazón puro :
el insigne y humilde
tic tac de don Asterio.

Throughout fifty years,
or eighteen thousand days,
a steady stream of children
and men and women,
flowed up the spiny streets,
flowed downward to the sea,
while he, the clockminder,
in the company of clocks,
trapped in the flow of time,
kept time smoothly, as a ship
keeps course against the perpetual current;
he pacified and planed his wood,
and, bit by bit, the wise man
emerged from the artisan;
working, with oil and glass
he cleaned away all envy,
got rid of fear,
fulfilled his occupation and his fate,
to this present point, where time,
that terrifying flow,
made its pact with him, with Don Asterio,
and he awaits his hour on the dial.

Thus, whenever I pass
along that uncertain street,
the black river of Valparaiso,
I listen for one sound above all sounds,
for one clock ticking over so many clocks—
the weary, even, murmuring sound,
the ancient movement
of a great and perfect heart;
the illustrious and humble
tick tock of Don Asterio.

PIDO SILENCIO

Ahora me dejen tranquilo.
Ahora se acostumbren sin mi.

Yo voy a cerrar los ojos.

Y sólo quiero cinco cosas,
cinco raíces preferidas.

Una es el amor sin fin.

Lo segundo es ver el otoño
No puedo ser sin que las hojas.
vuelen y vuelvan a la tierra.

Lo tercero es el grave invierno,
la lluvia que amé, la caricia
del fuego en el frío silvestre.

En cuarto lugar el verano
redondo como una sandía.

La quinta cosa son tus ojos.
Matilde mía, bienamada,
no quiero dormir sin tus ojos,
no quiero ser sin que me mires:
yo cambio la primavera
por que tú me sigas mirando.

Amigos, eso es cuanto quiero.
Es casi nada y casi todo.

Ahora si quieren se vayan.

I ASK FOR SILENCE

Now they leave me in peace.
Now they grow used to my absence.

I am going to close my eyes.

I wish for five things only,
five chosen touchstones.

One is perpetual love.

The second is to see the autumn.
I cannot exist without leaves
flying and falling to earth.

The third is the solemn winter,
the rain I loved, the caress
of fire in the rough cold.

Fourthly, the summer,
plump as a watermelon.

And, fifth, your eyes.
Matilda, my dear love,
I will not sleep without your eyes.
I will not exist but in your gaze.
I adjust the spring
for you to follow me with your eyes.

That, friends, is the sum of my wanting.
Next to nothing, close to everything.

Now they may go if they wish.

He vivido tanto que un día
tendrán que olvidarme por fuerza,
borrándome de la pizarra:
mi corazón fué interminable.

Pero porque pido silencio
no crean que voy a morirme:
me pasa todo lo contrario:
sucede que voy a vivirme.

Sucede que soy y que sigo.

No será pues sino que adentro
de mí crecerán cereales,
primero los granos que rompen
la tierra para ver la luz,
pero la madre tierra es oscura:
y dentro de mí soy oscuro:
soy como un pozo en cuyas aguas
la noche deja sus estrellas
y sigue sola por el campo.

Se trata de que tanto he vivido
que quiero vivir otro tanto.

Nunca me sentí tan sonoro,
nunca he tenido tantos besos.

Ahora, como siempre, es temprano.
Vuela la luz con sus abejas.

Déjenme solo con el día.
Pido permiso para nacer.

I have lived so much that someday
they will have to forget me forcibly,
rubbing me off the blackboard.
My heart was inexhaustible.

But because I ask for silence,
never think I am going to die.
The opposite is true.
It happens I am going to live—

to be, and to go on being.

I will not be, however, if, inside me,
the crop does not keep sprouting,
the shoots first, breaking through the earth
to reach the light;
but the mothering earth is dark,
and, deep inside me, I am dark.
I am a well in the water of which
the night leaves stars behind
and goes on alone across fields.

It's a question of having lived so much
that I wish to live that much more.

I never felt my voice so clear,
never have been so rich in kisses.

Now, as always, it is early.
The shifting light is a swarm of bees.

Let me alone with the day.
I ask leave to be born.

EL PEREZOSO

Continuarán viajando cosas
de metal entre las estrellas,
subirán hombres extenuados,
violentarán la suave luna
y allí fundarán sus farmacias.

En este tiempo de uva llena
el vino comienza su vida
entre el mar y las cordilleras.

En Chile bailan las cerezas,
cantan las muchachas oscuras
y en las guitarras brilla el agua.

El sol toca todas las puertas
y hace milagros con el trigo.

El primer vino es rosado,
es dulce como un niño tierno,
el segundo vino es robusto
como la voz de un marinero
y el tercer vino es un topacio,
una amapola y un incendio.

Mi casa tiene mar y tierra,
mi mujer tiene grandes ojos
color de avellana silvestre,
cuando viene la noche el mar
se viste de blanco y de verde
y luego en la luna la espuma
sueña como novia marina.

No quiero cambiar de planeta.

LAZYBONES

They will continue wandering,
these things of steel among the stars,
and weary men will still go up
to brutalise the placid moon.
There, they will found their pharmacies.

In this time of the swollen grape,
the wine begins to come to life
between the sea and the mountain ranges.

In Chile now, cherries are dancing,
the dark mysterious girls are singing,
and in guitars, water is shining.

The sun is touching every door
and making wonder of the wheat.

The first wine is pink in colour,
is sweet with the sweetness of a child,
the second wine is able-bodied,
strong like the voice of a sailor,
the third wine is a topaz, is
a poppy and a fire in one.

My house has both the sea and the earth,
my woman has great eyes
the colour of wild hazelnut,
when night comes down, the sea
puts on a dress of white and green,
and later the moon in the spindrift foam
dreams like a sea-green girl.

I have no wish to change my planet.

EL MIEDO

Todos me piden que dé saltos,
que tonifique y que futbole,
que cerra, que nade y que vuele.
Muy bien.

Todos me aconsejan reposo,
todos me destinan doctores,
mirándome de cierta manera.
Qué pasa?

Todos me aconsejan que viaje,
que entre y que salga, que no viaje,
que me muera y que no me muera.
No importa.

Todos ven las dificultades
de mis vísceras sorprendidas
por radioterribles retratos.
No estoy de acuerdo.

Todos pican mi poesía
con invencibles tenedores
buscando, sin duda, una mosca.
Tengo miedo.

Tengo miedo de todo el mundo,
del agua fría, de la muerte.
Soy como todos los mortales,
inaplazable.

Por eso en estos cortos días
no voy a tomarlos en cuenta,
voy a abrirme y voy a encerrarme
con mi más pérfido enemigo,
Pablo Neruda.

FEAR

Everyone is after me to jump through hoops,
whoop it up, play football,
rush about, even go swimming and flying.
Fair enough.

Everyone is after me to take it easy.
They all make doctors' appointments for me,
eyeing me in that quizzical way.
What is going on?

Everyone is after me to take a trip,
to come in, to leave, not to travel,
to die and, alternatively, not to die.
It does not matter.

Everyone is spotting oddnesses
in my innards, suddenly shocked
by radio-awful diagrams.
I do not agree.

Everyone is picking at my poetry
with their relentless knives and forks,
trying, no doubt, to find a fly.
I am afraid.

I am afraid of the whole world,
afraid of cold water, afraid of death.
I am as all mortals are,
unable to be comforted.

And so, in these brief, passing days,
I shall not take them into account.
I shall open up and closet myself
with my most treacherous enemy,
Pablo Neruda.